De Jose Camarasa

EL MICALET GALÀCTIC

bromera

EL MICALET GALÀCTIC

COL·LECCIÓ DIRIGIDA PER JOSEP A. FLUIXÀ

ÚLTIMS TÍTOLS PUBLICATS DE LA SÈRIE CREMA - A PARTIR DE 8 ANYS

37. *El savi Ciril.* Mercé Viana / Rosa Ana Crespo i Quique Soler
40. *Les lletres fan fugina.* Enric Lluch / José Maria Lavarello
52. *L'àngel Propulsat i el dimoni Emplomat.* Enric Lluch / Antonio Espinar
53. *La història de Vilafartera.* Vicent Marçà / Horacio Elena
57. *El cas misteriós de la lletra malalta.* Mercé Viana / Anna Miralles
62. *Quines bèsties!* Antoni Albalat / Gerard Miquel
63. *Un pintor molt guai.* Mercé Viana / Paco Giménez
64. *Pometa dolça.* Enric Lluch / Inés Luz González
65. *Qui t'ha dit que el món era blanc?* Maria Jesús Bolta / Vicente Javier Villena
66. *Els animals agraïts.* Llorenç Giménez / Anna Roig
73. *Bum-bum! El fantasma esvalotat.* Mercé Viana / Felip Baldó
76. *El color del blat.* Eva Dénia / Sebastià Dénia
79. *Mira quina estrella.* Maria Jesús Bolta / Josep Vicó
83. *Silvèrius Flautus.* Enric Lluch / Juanjosé Cortés
91. *La fada dels somnis.* Mercé Viana / Ramon Pla
94. *Les aventures de Potaconill.* Carles Cano / Paco Giménez
103. *Alícia en el país del xocolate.* Xavier Mínguez / Ada García
109. *Un quixot amb bicicleta.* Enric Lluch / Pablo Olivero
113. *Contes d'Andersen.* Hans C. Andersen / Valentí Gubianas
120. *Jo Tirant, tu Carmesina.* Enric Lluch / Toni Cabo
123. *Julieta, Romeo i els ratolins.* Mariasun Landa / Marie Nigot
127. *El secret de les cinc llegendes.* Llorenç Giménez / Esperança Martínez

Hi ha unes *Propostes didàctiques*, referides a aquest llibre, que es poden descarregar de manera gratuïta des de la pàgina web www.bromera.com.

Disseny de la col·lecció: *Enric Solbes*
Impressió: *Romanyà-Valls*

1a edició: *març, 2006*
3a edició: *maig, 2007*
ISBN: *978-84-9824-075-7*
DL: *B-25213-2007*

EL MICALET GALÀCTIC

Jo Tirant, tu Carmesina

Enric Lluch

Dibuixos de Toni Cabo

1. Una xiqueta nova

Carles Rovira li ho deixa caure com si fóra un misteri:

–Demà vindrà a l'escola una xiqueta nova.

Joan ni tan sols deixa de furgar-se l'orella.

–I què?

–Això. Que demà vindrà una xiqueta nova. Crec que és d'un poble que es diu…

Però Carles Rovira, sovint, té la memòria allà on els romans perderen el casc.

–Del poble, no me'n recorde –diu–. Però del nom, sí.

Joan continua tenint el dit dins de l'orella. Des que el metge li va dir que de tant en tant podia tenir una cosa que es diu otitis, no para de ficar-se el dit en les orelles.

–I com li diuen? –pregunta a la fi.

–Carmesina.

Joan es trau el dit de l'orella i mira Carles Rovira com si aquest fóra una gallina amb pèls.

–Com?

–Carmesina.

Joan es regira en el seient, mou el cap i murmura:

–Quin nom!

De seguida, entra en classe Vero, la professora de gimnàstica. I quan entra Vero cal anar preparant-se a tota paleta.

–Vinga, va! –fa la professora–, que sem-

bleu tortugues amb els peus de plom.

Un instant després, mentre comença el calfament, tota la classe sap que demà vindrà una xiqueta nova, que ningú no sap d'on és, però que té un nom molt estrany.

–Marquesina? –pregunta Mamen Masià mentre tracta de recuperar l'alé.

–No, no –assegura Marta Esteve, la filla de l'apotecari–. Li diuen Carmelina.

–Que no!

–No ni poc! M'ho ha dit Carles Rovira.

–Carles Rovira està mig bajoca.

La professora de gimnàstica dóna dues palmades ben fortes i talla la discussió.

–A callar, caram, que perdeu tota la força per la boca.

Un instant després tan sols se sent el soroll de les sabatilles contra terra i els bufits descompassats de cada xiquet i xiqueta de la classe.

2. Carmesina

Hui és dimecres. A les nou del matí apareix un home amb barbeta i ulleres de filet que acompanya una xiqueta prima i pigallosa. L'home parla amb la directora i, un instant després, la xiqueta es posa en la fila, darrere de Joan i de Carles Rovira.

–Tu eres la nova? –pregunta Joan.

–Sí –la xiqueta contesta mirant-se les puntes de les sabatilles.

–De quin poble eres?

–De Santa Pola.

–I això per on para? –Carles Rovira tracta de ficar-hi cullerada.

–Lluny.

Una vegada dins de la classe, Anna, la mestra, diu amb els braços creuats:

–Aquesta és Carmesina i, des d'ara mateix, és la vostra nova companya.

Marta Esteve alça la mà i pregunta:

–Mestra: què vol dir això de Carmesina?

La mestra desplega els braços i contesta:

–És un nom... I sabeu què? Que va ser una princesa i, també, la nóvia d'un cavaller molt famós que es deia Tirant.

A penes la mestra diu la paraula *nóvia* tota la classe fa una rialla. Fins i tot, Carles Rovira, que no pot tindre la boca tancada més

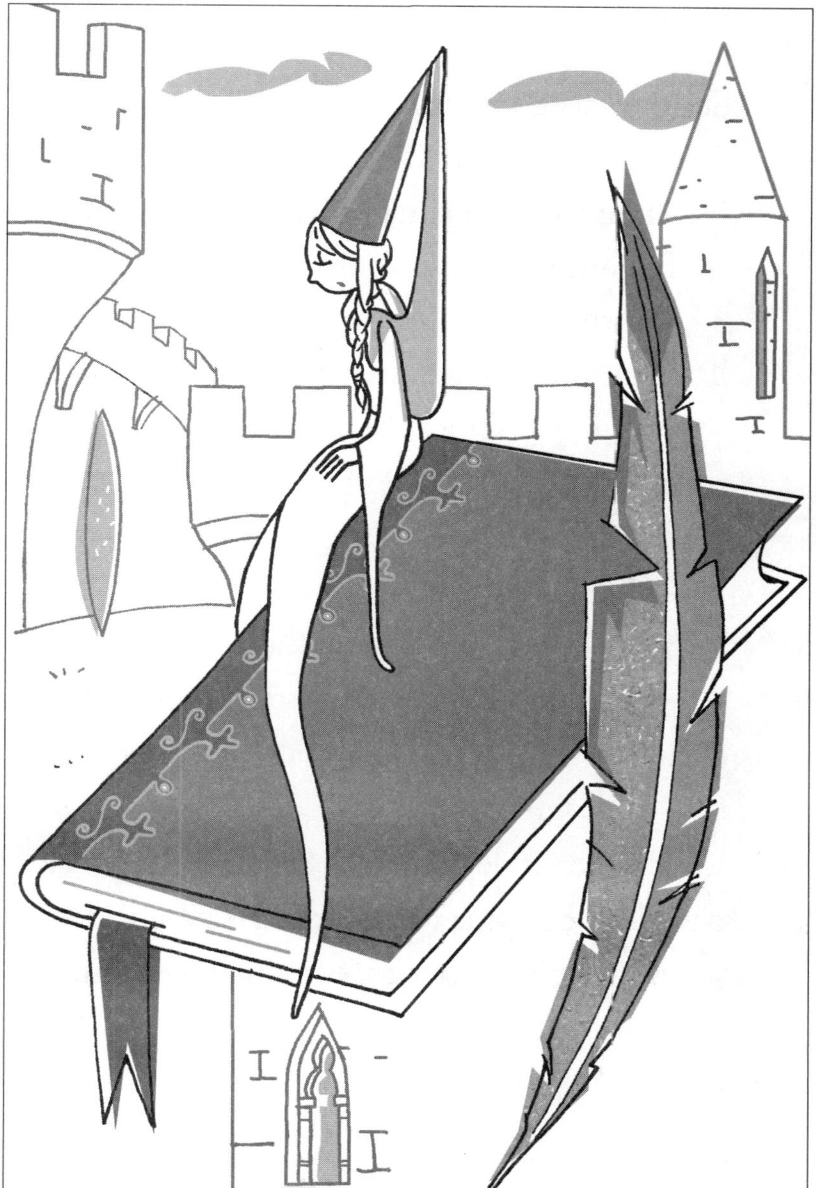

del que dura un sospir de teuladí, pega tres colpets en la taula i diu:

–I també era prima i pigallosa?

La mestra es posa molt seriosa.

–Carles Rovira: si tornes a dir alguna pallassada més et quedes sense esplai. Entesos?

Al migdia, l'home de la barbeta i les ulleres de filet espera a la porta de l'escola. Carles Rovira murmura:

–Deu ser son pare.

Joan torna a posar-se el dit dins l'orella.

–O el seu nóvio, els dels tirants o com li diguen.

–Sí, home...

Un exèrcit de nanos i de nanes travessen el pati de part a part i es llancen als braços dels pares, mares o iaios que esperen a la porta.

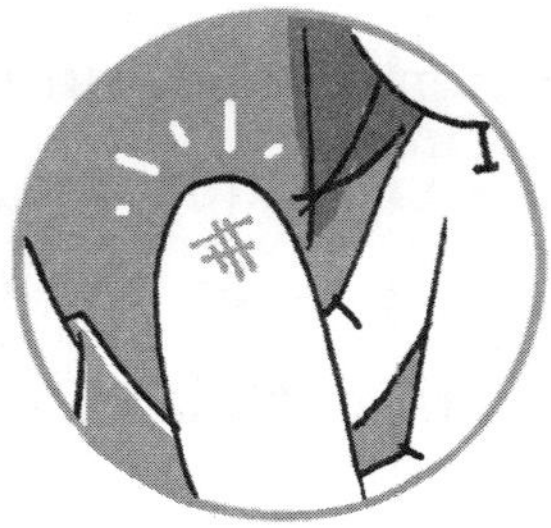

3. El bac de Carmesina

Vero, la professora de gimnàstica, fa uns redolins en terra i explica:

–Anireu botant d'un redolí a un altre, sense deixar-se'n ni un. I quan arribeu a l'últim agafareu una pilota i tornareu ací corrents. Està clar o no?

Joan ho entén a la primera. No debades és el millor de la classe en tot açò de la gimnàstica i de l'esport. Així que comença el primer, bota dins de tots el redolins i torna amb la pilota.

–Trenta segons! –diu la professora.

Marta Esteve tarda quaranta segons; Mamen Masià, quaranta-set; Carles Rovira cau tres bacs en terra i perd la pilota a l'hora de tornar...

–Desqualificat! –crida Vero.

Però Carmesina, la nova companya, tarda vint-i-quatre segons.

–Molt bé! Eres la primera de la classe.

Joan sent una mena d'agulla que s'enfonsa enmig del melic, perquè sembla que tots el miren com si li digueren:

–La pigallosa t'ha guanyat.

Per això, a l'hora de passar-se la pilota l'un a l'altre, quan creu que tots miren cap a un altre costat, fa la cameta a Carmesina i aquesta cau més llarga que ampla sobre el ciment del pati.

Vero s'acosta corrents, tracta d'alçar-la de terra i, després de veure-li sang als genolls, diu bastant inquieta:

–No et preocupes, Carmesina, ara mateix prepararem els papers i et portarem al metge.

A la vesprada, Mamen Masià passa la informació:

–La nova no vindrà a escola.

–I tu com ho saps?

–Perquè m'ho ha dit la secretària.

Joan es posa un dit en cada orella, amaga el cap entre els muscles i resta més quiet que una estàtua en el seu seient.

–Què et passa? –li pregunta Carles Rovira.

–No res, que m'ha tornat l'otitis.

–A les dues orelles alhora?

–Sí.

En acabar l'escola, Joan torna a casa sense parar-se ni tan sols en la botiga de les llepolies.

4. Qui era aquella Carmesina?

Joan arriba a casa, es menja l'entrepà que li posa la mare i es capbussa dins del menjador, on el pare i la mare tenen els llibres grossos i difícils que solen llegir després de sopar.

La primera cosa que fa és buscar en l'enciclopèdia que no ha emprat mai, tot i que el pare li ha dit més de mil vegades que hi busque les coses que no entén.

Per això, per la falta de pràctica, tarda a trobar el nom. A la fi ho aconsegueix:

Carmesina: personatge de la novel·la cavalleresca *Tirant lo Blanc*. És filla de l'emperador de Constantinoble i estimada de Tirant. Mor de dolor sobre el cadàver de Tirant.

Encara que Joan no sap què vol dir això de cavalleresca, ni sap per on para Constantinoble. I, a més:

–Per què li diuen Tirant lo Blanc i no Tirant lo Blau, per exemple? I per què es mor tan de pressa? I com és que Carmesina es mor també com si portara l'all al cul? I què és això de morir-se de dolor? Dolor de què?

Joan deixa l'enciclopèdia i tracta de buscar la novel·la *Tirant lo Blanc*. I quan la troba la torna a deixar de seguida al seu lloc perquè pesa un quintar.

–Puf! Si no té ni dibuixets ni res...

A l'hora de sopar ho deixa caure com qui no vol.

–Per què li deien Tirant lo Blanc?

La mare es queda amb la forqueta i el tros de creïlla fregida a la punta de la llengua.

–A qui? –pregunta.

–Al nóvio de Carmesina.

La mare mira el pare i el pare s'escura la gola i beu un glopet d'aigua abans de parlar.

–Home! Perquè li deien així, com a mi em diuen Joan Ferrer o a ta mare Àngels Romeu.

–Ah! I per on para Constantinoble?

La mare remena el cap com si no s'acabara de creure que Joan faça aquestes preguntes. Tot i això, contesta:

–És una ciutat que queda molt lluny, en un país que es diu Turquia.

Joan tracta de recordar tot allò que no entén.

–I què vol dir cavalleresca? I per què es van morir tan de pressa Tirant lo Blanc i Carmesina? I què vol dir morir de dolor?

El pare doblega els llavis i tracta de pessigar un tros de creïlla sense aconseguir-ho ni a la de tres.

–Hem! Cavalleresca vol dir que el protagonista és un cavaller... I això de morir-se de dolor, potser tu encara no ho entengues, fill.

–Per què?

–Hem! Perquè encara eres molt... menut.

5. Ja t'ho contaré

Joan li ho deixa caure a l'amic a les nou del matí.

–Ja sé per què li diuen Carmesina a la nova.

–Per què?

–Perquè té el nom de la filla d'un emperador. I és veritat que tenia un nóvio que li deien Tirant lo Blanc i resulta que el seu nóvio era molt valent, però un dia es va morir.

–De què es va morir? –Carles Rovira posa cara de no assabentar-se de quasi res.

I Joan, com quasi sempre fa, se les inventa volant:

–Perquè un dia Tirant es va trobar un bruixot que volia que li buscara unes fulles d'un arbre màgic per a fer una poció.

La mestra indica que vagen entrant en classe. Mentre caminen, Joan continua contant la història:

–Tirant va tornar a casa de la nóvia i, entre unes coses i altres, es va oblidar de les fulles. I el bruixot es va emprenyar i li va enviar uns poders per l'aire i Tirant, hala!, se'n va anar a l'altre món i...

La mestra diu:

–A veure si callem ja!

I Joan tracta de rematar:

–...Carmesina també es va morir de dolor.

–Per què? Què li feia mal? –Carles Rovira sembla estar-hi molt interessat.

–Tu no ho entendries. Encara eres molt menut.

Un instant després, la mestra demana els deures i tots els xiquets i totes les xiquetes regiren les bosses i les motxilles. Unes quantes mosques desficioses volen i revolen entre els tres finestrals que donen al pati.

A l'hora del pati, Carles Rovira s'apega a Joan com una llepassa.

–Va! Conta'm això de Carmesina.

Joan rosega un mos d'entrepà amb tota la parsimònia.

–No t'ho puc dir. No ho entendries.

–No ni poc.

–Que no!

Aleshores, Carles Rovira ho deixa caure enmig d'un somriure estrany:

–Si no m'ho contes, diré que li vas fer la cameta a la nova.

Joan es queda amb el mos a la boca. Després, se l'empassa com pot i acaba dient:

–Molt bé. Aquesta vesprada, quan eixim de l'escola, t'ho contaré.

6. *L'interrogatori*

Al migdia, Joan es capbussa dins del menjador i agafa la novel·la *Tirant lo Blanc*.

–Mare meua! –exclama.

Obri el llibre i comença a llegir: «A honor, llaor e glòria de Nostre Senyor Déu Jesucrist e de la gloriosa sacratíssima verge Maria, mare sua, senyora nostra, comença la lletra del present llibre apellat Tirant lo Blanc, dirigida per Mossèn Joanot Martorell, cavaller...».

I tanca la novel·la, perquè no entén quasi res.

A la primera cullerada de fideus, comença l'interrogatori:

–Pare: tu saps més coses de Tirant i Carmesina?

–I tant.

–Va. Conta-me'n alguna.

I el pare, s'empassa la cullerada de fideus i explica que Tirant era un cavaller valencià que va anar a Anglaterra per fer-se cavaller...

–I això com es feia?

–Home! Era una cerimònia molt llarga. I, en aquest cas, l'havia de celebrar el rei d'Anglaterra.

–I el rei d'Anglaterra parlava en anglés?

–Veges!

La mare hi fica també cullerada:

–I saps què, fill? Doncs que el llibre el

va escriure un escriptor valencià que es deia Joanot Martorell.

I el pare:

–I Tirant va anar a les terres de Sicília i Rodes i allí va fer moltes proeses. I és que era molt valent i tot això.

I la mare:

–I també va anar a Grècia i va véncer uns homes que es deien els turcs i...

Joan es posa el dit dins l'orella, talla la mare i pregunta:

–Però, de quin dolor es va morir Carmesina?

Joan rep la mateixa resposta que ja li havien donat:

–Això tu no ho entendries, fill, perquè encara eres molt menut... I lleva't el dit de l'orella, caram. Quina mania!

A Joan li cau el món als peus. Com podrà contar a l'amic allò que ell no sap?

7. Si ho vols saber, t'has de fer cavaller

A les cinc en punt, Anna, la mestra, diu que ja poden plegar trastos.

–I a veure si eixim en fila i sense empentar-nos.

A la porta de l'escola, Carles Rovira li ho recorda:

–M'has de contar això de Carmesina.

Joan dubta un segon, però, de seguida, tracta de buscar escapatòria:

–Molt bé. Però abans t'has de fer cavaller.

I sense perdre punt, explica que per a entendre el que li va passar a Carmesina cal fer-se major i l'única manera d'aconseguir-ho ben de pressa és fent-se cavaller.

Però Carles Rovira no ho veu massa clar.

–Que tu eres cavaller?

–I tant! M'hi vaig preparar fa dos mesos.

–I això com s'aconsegueix?

Joan tracta de nugar dins del cervell les paraules que li han dit els pares.

–Els cavallers es fan quan parlen amb un rei anglés que sap parlar en anglés.

–I tu... amb quin rei anglés parlares, eh?

–Ehem! És que... no cal que siga un rei de veritat. Si trobes una persona gran que semble un rei que sàpia parlar en anglés, també val.

–I què he de dir-li? –Carles Rovira es posa més pesat que un vagó carregat de pedres.

–Uf! El que vulgues!

Carles Rovira ni s'ho pensa a l'hora de parar-se davant de la finestra de la gelateria del senyor Perelló. No debades l'amo de la gelateria és un home prim i alt, amb el cabell ros, com ho podria ser un rei d'Anglaterra.

Carles Rovira deixa caure tot el seu arsenal de paraules en anglés:

–*One, two, three, four, yellow, red, orange, very well...*

I el senyor Perelló se'l queda mirant, estova els llavis i diu:

–Molt bé... i ara què et pose?

Però Carles Rovira insisteix:

–*One, two, three, four, yellow, red, orange, very well...*

El senyor Perelló es torca les mans en el davantal i trau el cap per la finestra.

–Això és el que t'ensenyen a l'escola, favaloi? Vols veure que t'amolle una bescollada i, damunt, li ho dic a ton pare?

Sis passes més endavant, Carles Rovira fa un xiu-xiu:

–Ja sóc cavaller. Ara conta'm allò de Carmesina.

Joan tracta de guanyar temps.

–Però no t'ha contestat en anglés...

–Perquè no en deu saber. Va! Conta-m'ho!

La salvació per a Joan apareix en forma de Marta Esteve i Mamen Masià.

–On aneu?

–A veure com està la nova.

–I sabeu on viu?

–Sí.

–I podem anar amb vosaltres?

Marta Esteve enceta un somriure i contesta de seguida:

–Això ni es pregunta!

Carles Rovira s'acosta a menys d'un pam de Joan i li bufa a l'orella:

–Si no m'ho contes, diré allò de la cameta.

–No et preocupes, home. Ara ja eres un cavaller i t'ho puc explicar tot. Però, no deus voler que t'ho explique davant de les xiques...

8. Dues cavalleresses més

Mentre caminen, Marta Esteve, que parla més que alena, els pregunta d'on vénen.

I Carles Rovira, que tampoc no sap tenir la boca tancada més de tres segons seguits, li ho aboca sense pensar-s'ho.

–Venim de la gelateria perquè havia de fer-me cavaller si volia saber el secret del dolor de Carmesina.

–Quin secret?

–Uf! Un dolor que la va fer morir.

Mamen Masià es para en sec:

–Que... s'ha mort?

I Joan no té més remei que explicar una part de la història:

–No, no. És l'altra Carmesina, la que era filla d'un emperador i tenia un nóvio que es deia Tirant lo Blanc.

–I es va morir?

–Sí. Però ja fa molt de temps...

Carles Rovira creu que pot ser un bon moment per a conéixer el secret que guarda Joan. Per això, tensa un poc més la corda:

–I com que ja sóc cavaller, ja puc saber de quin dolor es va morir Carmesina. Veritat que sí, Joan?

Marta Esteve es rasca la punta del nas i exclama:

–Jo també vull saber-ho!

Mamen Masià també s'apunta al carro.

–I jo també.

Joan, sense adonar-se'n, torna a posar-se un dit dins l'orella i fa:

–Per a saber-ho, cal ser cavallers...

Marta Esteve ho té clar, això.

–Doncs..., ens farem cavallers. Veritat que sí, Mamen?

Mamen Masià la corregeix de seguida:

–No, no. Ens farem cavalleresses!

Joan torna a improvisar, tot i que sense massa èxit: per a fer-se cavalleresses, cal que parlen en anglés amb una dona que semble una reina d'Anglaterra.

–I ja està? pregunta Marta Esteve.

–Ja.

Una dona, prima i amb els cabells nevats, ve caminant per la voravia. Porta un gosset pelut nugat amb una cadeneta de ferro.

–Veritat que sembla una reina d'Anglaterra? –xiuxiueja Marta Esteve.

Sense perdre punt, agafa l'amiga pel braç i s'encara amb la dona. L'arsenal de paraules angleses de Marta Esteve és bastant més ampli que el de Carles Rovira:

–*I'll have the salad, please... Hey, that's fantastic... Thank you very much.*

I, de seguida, es gira cap a l'amiga i adverteix:

–Ara digues tu alguna cosa.

Però Mamen Masià tan sols encerta a murmurar:

–*Yes.*

El gosset no està per a cerimònies de persones estranyes i, menys encara, en anglès. Per això, comença a lladrar i a estirar la cadeneta

de manera que poc falta per escapar-se de l'ama i mossegar les sabatilles de les aspirants a cavalleresses.

–Us ha mossegat, perles? –pregunta la dona tota preocupada.

–No, senyora.

A penes passen la dona i el gosset que Marta Esteve diu:

–Ara ja som cavalleresses, Joan. Conta això de Carmesina.

Joan boqueja, es rasca el bescoll, mira a banda i banda. A la fi pregunta:

–No anàvem a veure com estava la nova?

–Després hi anirem.

El xiquet sent que ja no li queda cap escapatòria.

9. El secret de Carmesina

El lloc elegit és l'únic banc buit que hi ha a la placeta de la Ribera. Al banc del costat dret, dues dones vigilen uns xiquets menuts que juguen en el tobogan; al banc de l'esquerra, un home llig el diari i una dona gran fa punt de ganxo amb les ulleres descansant en la punta del nas.

–Va! –demana Carles Rovira.

Joan mira a l'un costat i a l'altre i comença

la seua particular història sobre Tirant i Carmesina, amb advertiment inicial:

–Açò que conte és secret, eh? I no pot saber-ho cap altra persona i, menys encara, si no és cavaller...

–O cavalleressa –aclareix Mamen Masià.

Però Joan continua com si no la sentira:

–Resulta que Tirant lo Blanc no va fer cas del bruixot que li havia demanat les fulles d'un arbre màgic.

–Quin bruixot? –demana Marta Esteve.

–Xut! –fa Carles Rovira–. Això ja m'ho va contar a mi i no té res a veure amb el dolor de Carmesina.

Joan agafa tot l'aire que pot.

–I el bruixot va enviar uns poders per l'aire. I mentre Tirant anava lluitant per ací i per allà contra uns guerrers que es deien els turcs, els poders anaven darrere d'ell, perseguint-lo.

Aquells poders eren com una malaltia semblant a la meua otitis, però molt més forta. I quan Tirant lo Blanc es va cansar de lluitar i viatjar, tornà a casa de la nóvia. Aleshores, els poders pogueren entrar per les seues orelles. Però, Tirant, mentre li feien efecte els poders... va... ehem! va...

–Va, què? s'impacienta Carles Rovira.

–... li va fer un bes a Carmesina.

–Un bes? –pregunta Marta Esteve.

–Un bes o dos –afegeix Joan, que ara se sent envalentit–. I, de seguida, es va morir. I Carmesina, segurament pels besos, també va agafar la malaltia, però a ella encara li feia més mal. Tant li'n va fer, que es va morir de dolor. I ja està tot.

Mamen Masià s'alça del banc i exclama:

–Quin secret!

L'home del banc de l'esquerra plega el diari i li diu a Joan:

–Quina imaginació que tens, xiquet. Mira que afegir un bruixot i una otitis a la història de Tirant i Carmesina!

I la dona del punt de ganxo afegeix:

–En tota remavida havia sentit una cosa igual.

Uns moments després, tota la colla toca el timbre de la casa on viu la nova, és a dir, Carmesina la de la cameta.

10. Més personatges

Carmesina, la nova, té un pelat en cada genoll.

–Com estàs?

–Bé. Em cou un poc, però el metge m'ha dit que no és greu.

–I no pots jugar ni res?

–I tant que sí. Però no puc córrer, perquè em cou.

L'home de la barbeta i de les ulleres de filet és son pare.

–Tu no tens mare? –li pregunta Carles Rovira a l'orelleta.

–Sí.

–I on està?

Carmesina contesta de seguida:

–Treballa a l'hospital de Santa Pola i tan sols pot venir els caps de setmana.

El pare de Carmesina entra en la saleta amb una safata plena de refrescos i un plateret de pastissets.

Carles Rovira, entre mos i mos, deixa caure com qui no vol:

–Ja sabem tota la història de la Carmesina que es va morir de dolor.

I Marta Esteve s'hi apunta de seguida:

–Però no la podem contar, perquè és un secret que tan sols poden saber els cavallers i les cavalleresses... Tot i que el secret no té massa entrellat.

El pare de Carmesina s'escarxofa en el sofà i pregunta:

–I sabeu tota la història?

–Sí –assegura Joan.

–Aleshores, també sabreu que el personatge que ajudava Carmesina era una xica a qui deien Plaerdemavida i que un altre personatge, la Viuda Reposada, li feia la guitza per tal que no l'estimara.

Joan es posa el dit dins l'orella i tracta d'amagar el coll entre els muscles quan Carles Rovira el mira de cua d'ull.

–No, no. Jo això no ho sabia –diu Joan quasi en un xiu-xiu–. Però sé allò del bruixot i de les fulles de l'arbre màgic.

–Ah! –el pare de Carmesina parpelleja quatre vegades seguides i remena el cap–. No sabia jo res del bruixot ni de l'arbre màgic...

–I tant! –aclareix Marta Esteve–. Perquè vosté no és cavaller. Veritat que no?

El pare de Carmesina s'incorpora, es passa la mà per la barbeta i diu:

–No ho sabia, no. I, com que no sóc cavaller i en aquesta casa solem menjar i beure, vaig en un bot a la botiga i compre algunes coses que ens fan falta.

A penes el pare de Carmesina se'n va, Carles Rovira, amb un altre pastisset entre mans, comenta:

–Podíem jugar a la consola de joc...

–No en tinc –fa Carmesina enmig d'una ganyota.

–Uf! I a què jugues tu?

–Amb els peluixos, les nines o veig els dibuixos o, de vegades, llig.

Carles Rovira remata el pastisset, es torca els llavis amb la màniga de la camisa i diu:

–Això dels peluixos i de les nines és cosa de xicones.

Mamen Masià comenta quasi a cau d'orella:

–A mi també m'agrada jugar amb els peluixos i les nines.

Joan, que ja fa una estoneta que no bada boca, assegura:

–Home! Perquè eres xica.

I Carmesina planta la cresta:

–I a tu a què t'agrada jugar?

–Doncs... a futbol, al bàsquet o a perseguir gats pel carrer.

–Sí, sí! I a fer la cameta també!

11. Juguem?

A la fi, decideixen eixir al carrer. Darrere de l'edifici on viu Carmesina hi ha un carrer per als vianants on hi ha un bar, una perruqueria de dones, dues botigues de roba i una d'esports.

–A què juguem? –pregunta Joan.

–Podríem jugar a Tirant i Carmesina –apunta Marta Esteve.

–I com es juga a això? –pregunta Joan.

Marta s'ho troba fet.

–Cadascú és un personatge i ja està.

Carles Rovira el tria de seguida:

–Jo vull ser el que més mana: l'emperador de com es diga.

–De Constantinoble –li apunta Joan.

Marta vol ser Plaerdemavida, la xica que ajuda Carmesina. I afegeix:

–Que Carmesina siga Carmesina. D'acord?

Queden dos personatges, és clar.

–Jo no vull ser Tirant –diu Joan.

–I jo no vull ser la Viuda Reposada... –fa Mamen Masià.

Carles Rovira fa puntetes, remuga i diu que, si s'avorreixen, jugaran a una altra cosa, que ser Tirant o la Viuda Reposada tampoc no és res de l'altre món...

–Juguem o no?

Joan posa el cap de gaidó i murmura:

–Síííí.

I Mamen Masià, a la fi, accepta també, però amb condicions:

–D'ací a un momentet jo seré Plaerdemavida.

De seguida, Carles Rovira s'enfila dalt d'una de les cadires de plàstic que hi ha a la porta del bar i exclama:

–Com que sóc l'emperador de Constantinoble, mane que Carmesina vinga al meu costat i que Tirant se'n vaja a la... a la... a la perruqueria i lluite contra una bruixa disfressada d'espia dels guerrers turcs.

Joan arrufa els llavis i diu que no entra a la perruqueria encara que el nuguen amb cordes. Aleshores, Carmesina diu:

–Quin Tirant més cagueta que m'heu triat...

I Joan, vés per on!, es rasca un camal, es posa un dit dins l'orella, se'l trau de seguida i fa:

–Cagueta jo? Ara veuràs.

Mentre marxa en direcció a la perruqueria, Marta Esteve, és a dir, Plaerdemavida, va donant-li ànims:

–Molt bé, Tirant. Sigues ben valent i la gent creurà que eres un heroi. Ah sí!, i totes les princeses del món voldran ser nóvies teues.

De seguida es dirigeix a Carmesina i li diu:

–Ho veus, princesa Carmesina? Tirant és el millor heroi que podries trobar en el món sencer.

Però Mamen Masià, és a dir, la Viuda Reposada, l'adverteix ben advertit:

–No faces cas, Carmesina, perquè Tirant sap que la perruquera és una perruquera i no una bruixa disfressada ni un monstre amb les dentoles afilades com els ganivets. No sigues fava, Carmesina, que el que vol Tirant és casar-se amb tu, ser un príncep i ser ric. Perquè és... és un cavaller malfaener que fa la cameta i no en fa ni un brot i ja està.

Joan mira la resta dels personatges i pregunta:

–Aclariu-vos. Hi entre o no hi entre?

Carles Rovira li ho aclareix de seguida:

–I tant que has d'entrar-hi! La Viuda Reposada ho diu perquè no vol que sigues el nóvio de Carmesina, bajoca. Va, entra-hi i no sigues covard.

Joan arriba decidit a la porta de la perruqueria, es para un instantet, es rasca el bescoll i, a continuació, obri la porta. Darrere seu, quasi en fila índia, camina la resta dels personatges.

12. La perruquera

Dins de la perruqueria no hi ha cap clienta. La perruquera, una dona jove que porta els cabells pintats de colors, es queda mirant Joan de dalt a baix i pregunta:

–A qui busques?

–A ningú. Sóc l'heroi Tirant lo Blanc i m'han dit que ací hi ha una bruixa disfressada d'espia.

La perruquera arqueja les celles en el mateix instant en què la resta dels personatges guaiten a la porta.

–Així que tu eres Tirant... –diu–. I qui són la resta de la gent que t'acompanya?

Joan contesta sense dubtar-ho:

–Són l'emperador de Constantinoble, Carmesina, Plaerdemavida i la Viuda Reposada.

Carles Rovira camina, a poc a poc, sense perdre de vista la perruquera, en direcció a la màquina assecadora. Una vegada allí seu en la cadira. La màquina sembla ara una estranya corona imperial que flota a dos pams del cap del xiquet.

La perruquera li diu:

–Que portes els cabells banyats?

–No. És que sóc l'emperador.

–Ah! I què desitja l'emperador?

Carles Rovira s'ho pensa durant un moment i, a la fi, pregunta:

–Vosté és la bruixa espia amb qui ha de lluitar Tirant?

La perruquera es col·loca una grenyeta que se li escapa del serrell i contesta:

–Sí. Sóc una bruixa màgica que converteix els emperadors i els herois en porcs de dotze arroves. I, a més, sé lluitar molt bé i he derrotat més de mil herois sense desfer-me ni un pèl dels cabells.

Aleshores, Marta Esteve, és a dir, Plaerdemavida, exclama:

–No tingues por, heroi Tirant, lluita amb tota la força i tota la gent del món dirà que eres el més valent dels guerrers del món, més valent que els herois de les consoles de joc, ja veus.

I Mamen Masià, sense massa gana de seguir el joc, diu:

–No val la pena, Tirant, deixa-ho córrer i juguem a una altra cosa.

La perruquera tira mà d'un penja-robes de fusta, se'l posa davall del braç i diu amb to amenaçador:

–Lluita contra mi, Tirant lo Blanc, i sabràs de quin mal t'has de morir.

Joan dubta. No sap si agafar una de les cadires que hi ha o pegar a fugir per la porta. La seua vista es creua amb la de Carmesina, que està arrupida rere les altres dues xiques. A la fi agafa la cadira en el mateix instant en què s'obri la porta de la perruqueria i entra una dona molt gran que té el cabell més blanc que la neu.

–Què passa ací? –pregunta la dona.

–Ui, senyora Marcel·la! Ací l'esperava jugant amb aquesta quadrilla.

La dona gran mira cadascun dels personatges i pregunta:

–I a quin joc jugàveu amb un penja-robes i amb una cadira entre mans?

Aleshores, Joan contesta:

–A Tirant i Carmesina.

Però Carles Rovira, que no abandona la cadira de l'assecador ni a la de tres, afegeix:

–I jo sóc l'emperador de Constantinoble, el que més mana.

Marta Esteve fa:

–I jo sóc Plaerdemavida i sóc amiga de Tirant i vull que Carmesina siga la seua nóvia.

Mamen Masià remata:

–I jo sóc la Viuda Reposada i no vull que Carmesina siga la nóvia de Tirant. Però, d'ací a un momentet, em canviaré de personatge, perquè no m'agrada això de ser una viuda...

La perruquera deixa el penja-robes al seu lloc i comenta enmig d'un somriure:

–A mi, sense saber-ho, m'ha tocat ser una bruixa màgica que transforma persones en porcs i lluita contra herois com qui fa bunyols.

La senyora Marcel·la mira Carmesina i li pregunta:

–I tu no jugues?

–Sí, senyora. Jo sóc Carmesina perquè em diuen així de veritat.

La senyora Marcel·la seu en una de les cadires, fa un sospir molt profund i diu:

–Jo també vaig ser com Carmesina una vegada.

Joan deixa la cadira en terra, es posa un dit dins l'orella i pregunta:

–Quan?

Aleshores, la senyora Marcel·la indica que cadascú sega per on puga i, tot seguit, conta una història que, segons assegura, li va passar quan tenia quinze anys.

13. Una altra història d'una altra Carmesina

«Quan jo tenia quinze anys tenia el cabell daurat com les espigues de blat i una cara blanca i lluenta, com els plats de porcellana. Per la fira del meu poble hi vaig anar amb un vestit nou que ma mare m'havia cosit amb una tela que havia comprat de la capital. A la fira vaig veure el xic més trempat que mai no havia vist en ma vida: era alt i espigat, moré de cara i amb el cabell negre i rull. Aquell xic es deia Martí i era el fill d'un dels carboners que hi havia al poble...»

–Què és un carboner? –interromp Joan.

–Un home que fabricava i feia carbó, que era l'única cosa que es podia emprar per a cuinar i donar calor a les cases.

–Ah!

«I va resultar que Martí també es va fixar en mi. I mentre jo mirava una parada on venien ventalls, s'hi va acostar i em va preguntar, quasi a cau d'orella, si jo volia ser la seua nóvia. I jo, més roja que una tomaca, vaig engolir la vista i li vaig contestar que sí. Però una veïna va començar a calfar el cap a mon pare i a ma mare dient que Martí només em volia per conveniència, que només buscava els diners de la meua família i que era un malfaener i un aprofitat...»

Com si fóra la Viuda Reposada... diu Mamen Masià.

–Exacte!

La senyora Marcel·la recupera l'alé i diu a Joan que es lleve el dit de l'orella:

–I no te l'hi fiques més, fill, no siga cosa que et trenques la teleta del timpà i et quedes sord com una rella per a tota la vida.

De seguida, continua:

«Però, una altra veïna no parava d'assegurar que Martí era molt bon xic, molt net i molt treballador...»

–Ui, aquesta devia ser com Plaerdemavida! –exclama Marta Esteve.

«...i així, entre dubtes i més dubtes, mon pare i ma mare decidiren que no tornara a veure Martí fins que jo fóra més gran. Però, Martí i jo, continuàvem veient-nos d'amagatotis, no creieu, i aprofitàvem qualsevol circumstància per a intercanviar una mirada o un somriure...»

La senyora Marcel·la es para en sec i tanca els ulls. Tres llàgrimes filoses s'esvaren per les seues galtes.

I què va passar? pregunta Carles Rovira des de la cadira de l'assecadora.

La senyora Marcel·la es trau un mocador, es torca les llàgrimes i la goteta del nas i segueix:

«Un dia va esclatar la guerra i poc temps després cridaren Martí. Abans d'anar-se'n, em va escriure una carta molt llarga on em deia que, en acabar la guerra, parlaria amb els meus pares, ens casaríem, tindríem molts fills i ens faríem una casa en el carrer Major. Durant més d'un any, com que sabia l'ofici de carboner, va viatjar d'un lloc a un altre, des de Madrid fins a Guadalajara i fins a Terol, per tal de servir carbó als soldats...»

–Caram, va viatjar tant com Tirant... –comenta Joan amb un filet de veu.

La senyora Marcel·la s'embala contant:

«Sí, sí! I va ser molt valent també, perquè a la guerra hi ha molt de perill i moltes persones s'amagaven i no guaitaven el nas de cap de les maneres; però Martí, no. M'enviava cada dia una carta i em contava que, mentre tallava fusta per les muntanyes que Déu sap com es diuen per a fer carbó, sovint li disparaven trets de canó i de fusell; però ell m'ho contava com si anara de festa... Fins que un dia, ja no van arribar més cartes seues. De primer, vaig pensar que seria cosa del carter o que es devia haver quedat sense paper o sense sobres o vés a saber per què. Però un dia de primavera, quan anava a la font a omplir les botiges, son pare em va eixir al davant i em va dir que Martí havia mort en un poble

que es diu Belchite... I a mi em van caure les botiges a terra i vaig creure que em moria de dolor...»

La perruquera sospira ben fort i, potser, tracta d'amagar rere les parpelles una collecció sencera de llàgrimes.

Marta Esteve es posa molt seriosa, es recull una grenya del cabell i pregunta:

–I es va morir de veritat?

I Carles Rovira:

–I vosté no va anar al soterrar?

I Mamen Masià:

–I no li va fer cap bes?

I Joan, que no gosa posar-se cap dit dins l'orella, pregunta l'últim:

–I com era el dolor?

La senyora Marcel·la mira la perruquera, fa un somriure i contesta dient que Martí es va morir de veritat, que no havia pogut anar al soterrar perquè segurament, quan ella ho va saber, ja feia molts dies que havia mort, que Belchite estava molt lluny i que mai no havien pogut fer-se ni tan sols un bes...

—...i el dolor va ser tan fort que vaig sentir com si el món s'afonara davall dels meus peus i desapareguera de la meua vista. Des d'aleshores, no ha passat ni un sol dia que Martí no haja estat ben present en els meus records. Per això us he dit que jo també vaig ser Carmesina, perquè com ella, vaig sentir tot el dolor que es pot sentir quan es perd per sempre la persona més estimada: el meu propi Tirant, el meu Martí.

14. Potser, està fent-se major

Joan torna a casa. La mare pregunta com quasi sempre:

–Per on paraves, perdulari?

–Estava jugant.

Potser, les mares tenen alguna peça en el cervell que els indica els instants que els fills estan picats de la mosca:

–Què et passa, fill?

–No res.

–Estàs segur? T'has barallat amb algun amic? Has fet alguna malifeta?

–No.

A l'hora de sopar, la mare, com qui no vol, diu al pare:

–Veges si el xic et diu què li passa, perquè a mi no m'ho ha volgut dir.

El pare s'acaba el got d'aigua, mira el fill i li pregunta:

–T'has engolit el cullerot i per això no parles?

–No.

El pare tracta de punxar una oliva amb la forqueta, però, al tercer intent, deixa la forqueta i pessiga l'oliva amb els dits. Després diu:

–Es pot saber què et passa o no?

Joan amaga el cap entre els muscles i contesta:

–Ja sé quin dolor tenia Carmesina...

El pare i la mare es miren l'un a l'altre. Després, la mare s'escura la veu i pregunta:

–Com dius?

Joan continua amb el cap engolit:

–Vosaltres em diguéreu que no ho entendria perquè era menut, però jo sí que ho entenc.

–I què és el que entens si es pot saber? –la mare ho diu amb les mans plegades sobre la taula.

Joan barreja les idees sense voler:

–Que Carmesina estimava molt el seu nóvio i com que ell va anar a la guerra i es va morir en un poble que es diu Belchite, ella va sentir molt de dolor i ja està. Però, potser, Carmesina no es va morir de veritat...

–No ni poc! –assegura la mare.

–Una dona que hi havia a la perruqueria també va ser com Carmesina, però encara està viva... I ara també sé que, si em fique el dit dins l'orella, em trencaré una teleta que hi ha dins i em quedaré sord i, per això, ja no m'hi ficaré el dit mai més de la vida.

La mare s'alça de la cadira, li toca el front a Joan per comprovar que no té febre i torna a seure bastant més tranquil·la. En acabar de sopar, mentre Joan s'entreté regirant la seua habitació, li comenta al pare:

–Potser el xic està fent-se major.

I el pare fa una cabotada que vol dir que sí. Després, la mare va al menjador, agafa la novel·la de Tirant lo Blanc i camina a l'habitació del fill.

–Atén un moment, Joan, i et llegiré un trosset d'aquest llibre.

Joan mira la novel·la i comenta:

–Jo en vaig llegir un poc, però era molt difícil d'entendre.

Però la mare ho llig d'una manera distinta:

–...i després de parlar, la princesa Carmesina es va morir d'amor. I tots els presents van veure molts àngels a penes va tancar els ulls i els àngels s'emportaren la seua animeta amb la de Tirant, que l'esperava.

La mare tanca el llibre, mira el fill i diu:

–Veus com l'autèntica Carmesina sí que es va morir de dolor, fill? Vull dir, per la pena que tenia perquè Tirant s'havia mort.

–Ah! Però la dona gran que hem vist a la perruqueria ha dit que ella també havia fet de Carmesina, però ella no es va morir.

La mare tracta d'explicar-li que, algunes vegades, l'amor entre les persones és tan intens que una pèrdua pot portar alguna cosa semblant a la que va passar entre Tirant i Carmesina. Però, mentre la mare tracta de llevar-se la pasta de les mans, a Joan li ve una idea al cap:

–Mare: si al pare li passara alguna cosa, tu faries com Carmesina?

La mare es queda mirant el sostre durant un moment. Després, somriu, passa una mà pels cabells del fill i, abans d'eixir de l'habitació, fa:

–Jo també estime molt el pare, Joan, però molt, molt... I a tu també, fill.

Aquesta nit Joan somia Carmesina, la que es va morir, la senyora Marcel·la, la que no es va morir de veritat, i la companya nova, la nova Carmesina, la xiqueta prima i pigallosa que fa poc que ha vingut a escola.

En els somnis, Joan pregunta a Carmesina si ell pot ser el seu Tirant. I la xiqueta prima i pigallosa, Carmesina, li contesta que...

–Joan! Són les huit ben tocades! –la veu de la mare desfà com la neula els somnis del xiquet.

ÍNDEX